À bas les poux !

Jane Clarke • Jan Lewis

L'édition originale de ce livre est parue sous le titre *No Nits !*
chez Kingfisher Publications Plc, Londres, en 2006.

Texte © Jane Clarke 2006
Illustrations © Jan Lewis 2006

Le droit moral de l'auteur et de l'illustrateur a été respecté.

Édition française :
© Rouge & Or 2007

Traduction : Christine Mignot
Édition : Véronique Roberty et Émilie Franc
Mise en pages : Marine le Breton

Tous droits réservés. Toute reproduction de tout ou partie de ce livre
par quelque procédé que ce soit, électronique, mécanique, photographique, sonore, magnétique
ou autre, est interdite sans avoir obtenu au préalable l'autorisation de l'éditeur.

Conforme à la loi n°49956 du 16 juillet 1949 sur les publications destinées à la jeunesse.

Numéro d'éditeur : 10136136
ISBN : 978-2-26-140125-3
Dépôt légal : août 2007
Imprimé en Chine

Sommaire

Chapitre un
4

Chapitre deux
10

Chapitre trois
20

Chapitre quatre
28

Chapitre cinq
34

Chapitre six
40

Chapitre un

Dans le paisible Royaume de Cheveuxfous, tout le monde s'occupe de ses longs cheveux.

Un jour, la Princesse Marie-Rose surgit dans le Palais. Elle écarte de longues mèches de ses yeux et hurle : « Papa ! Regarde là, dans le journal : des petites bêtes envahissent notre Royaume !

– Il y a des bêtes dans tous les royaumes, ma Princesse, réplique le Roi, en jouant de la guitare.

– Oui, mais là, ce ne sont pas n'importe quelles bêtes, papa ! Ce sont des poux qui grattent la tête !

Je peux en attraper ! Et toi aussi ! »

Le Roi écarte de longues mèches de ses yeux et chante : « Des poux qui grattent par-ci, des poux qui grattent par-là, mais pas dans mes cheveux à moi.
– Arrête de chanter Papa, et fais quelque chose ! » insiste Marie-Rose.

Le Roi retire ses lunettes noires et pose sa guitare.

« Pas de problème, ma Princesse », dit-il.

Il s'avance sur le balcon du palais. En bas, la foule ressemble à une mer de cheveux. Déjà deux ou trois personnes se grattent la tête.

Le Roi annonce dans son micro :
« Que chacun se lave les cheveux !
À bas les poux à Cheveuxfous ! »
La foule a peur. Dans le Royaume,
personne n'aime se laver les cheveux.

Chapitre deux

Aïe ! Aïe ! Aïe !

entend-on partout dans le Royaume ; le shampoing coule dans les yeux ; le ciel est rempli de bulles. Mais rien n'y fait : les poux sont toujours là.

« Les poux adorent les cheveux propres !
explique Marie-Rose. Il y en a encore. »

Le Roi reprend sa guitare et chante :
« Je n'ai pas rêvé, les poux aiment la propreté.

– Mais arrête de chanter ! hurle la Princesse Marie-Rose. Je peux en attraper, et toi aussi ! Fais quelque chose, Papa !

– Pas de problème, ma Princesse. »

Le Roi s'avance sur le balcon du Palais.
En bas, la foule ressemble à une mer
de cheveux avec des mains.
La moitié des gens se gratte la tête.

Le Roi prend son micro dans une main et brandit une brosse à cheveux dans l'autre.

Il s'écrie : « Voici la seule brosse à cheveux de tout le Royaume !
Que chacun se coiffe avec !
À bas les poux à Cheveuxfous ! »

La foule grogne. À Cheveuxfous, personne n'a jamais brossé ses cheveux.

Aïee! Aïeee! Aïeeeee!

entend-on partout à Cheveuxfous ; tous se brossent les cheveux. Mais rien n'y fait, les poux sont là.

«Les poux sont ravis qu'on partage la même brosse à cheveux ! affirme Marie-Rose. Il y en a toujours plus ! »
Alors, le Roi commence à chanter :
« Ne jamais partager quand vous vous brossez.

– Mais je peux en attraper ! Et toi aussi ! répète la Princesse Marie-Rose. Arrête de chanter et fais quelque chose, Papa !
– Pas de problème, ma Princesse. »

Chapitre trois

Depuis le balcon du Palais, la foule ressemble à un champ de doigts qui s'agitent. Tous se grattent la tête. Le Roi proclame alors dans son micro : « On ne se grattera plus !

Que tout le monde coupe ses cheveux ! »

La foule est stupéfaite.

À Cheveuxfous, cela ne s'est jamais fait.

Étonnement puis discussion,

discussion puis colère,

colère puis hurlements.

« Mais fais quelque chose, Papa ! supplie la Princesse Marie-Rose.

– Pas de problème, ma Princesse. Qu'on m'apporte les ciseaux ! » dit le Roi.

Le Roi coupe ses cheveux devant la foule et réclame sa guitare.

Il entonne : « Pas de poux aujourd'hui, mes cheveux sont partis. »

« Génial ! » s'exclame la foule.

Et partout dans le Royaume, les habitants se coupent avec joie les cheveux qui recouvrent les rues d'un épais tapis.

La chanson *Pas de Poux Aujourd'hui* est numéro 1 au hit-parade.

FINI DE SE GRATTER !

« Ça y est ! annonce un jour le Roi.
Il n'y a plus de poux à Cheveuxfous.
– Ouf ! dit la Princesse Marie-Rose,
en peignant ses très longs cheveux.
Heureusement que je n'en ai pas attrapé ! »
Mais les poux ne grattent pas
tout de suite...

Chapitre quatre

En bas, tous les habitants admirent leurs nouvelles coupes de cheveux. Le Roi et la Princesse s'avancent sur le balcon du Palais. Les trompettes royales retentissent. Un roulement de tambour se fait entendre. Le Roi s'exprime au micro :

« les poux ont quitté Cheveuxfous !

– Hourra ! » s'écrie la foule.

Le Roi recommence à jouer

de la guitare, avec la foule qui reprend

en chœur *Pas de Poux Aujourd'hui*.

Tous chantent : « On ne se gratte plus,

on les a eus ».

Soudain, la Princesse Marie-Rose sent quelque chose.

Quelque chose qui bouge dans ses longs cheveux. Et qui la gratte.

Et voilà qu'elle se gratte la tête.

La foule arrête de chanter.

La Princesse Marie-Rose continue à se gratter.

« On ne se gratte plus, on les a eus ! reprend la foule en se grattant la tête.

– Elle a des poux ! hurle quelqu'un.

– Des poux ! Des poux ! reprend la foule.

– Fais quelque chose, Papa ! » crie Marie-Rose.

Le Roi examine la tête de sa Princesse.

« Tu as plein de poux qui te grattent ! soupire-t-il.

— Qu'on lui coupe les cheveux ! Qu'on lui coupe les cheveux ! entonne la foule.

— Je crois que nous avons un problème, ma Princesse », dit le Roi.

Chapitre cinq

« Qu'on lui coupe les cheveux ! répète encore la foule.

– Mes ciseaux », ordonne le Roi.

La Princesse Marie-Rose ferme les yeux. Elle sanglote : « Si seulement je n'avais pas de poux ! »

Pfffffff!

Une drôle de fée chevelue, avec une moustache et une barbe, apparaît.

« Wahou ! s'écrie la foule.
– Qui êtes-vous ? sanglote la Princesse.
– Je suis ta Bonne Fée Chevelue, lui répond la fée. Je peux réaliser ton souhait. »

La Bonne Fée Chevelue de Marie-Rose agite la main et fait apparaître un peigne.

« Les poux ne sont pas un problème ! ajoute-t-elle. Tu peux garder tes longs cheveux. Tu n'as qu'à les laver, les démêler et toujours les coiffer avec ce peigne magique. »

Elle agite de nouveau la main et fait apparaître une bouteille.

« Tu peux aussi utiliser ce shampoing magique et toujours coiffer tes cheveux avec le peigne magique…
– … toujours ? demande la Princesse Marie-Rose.

– Oui, toujours ! répond la Bonne Fée Chevelue.

Et surtout, ne partage pas les brosses, les peignes et les chapeaux ! »

Pffffff !

La Fée disparaît dans un nuage de fumée.

Chapitre six

Le Roi met ses lunettes de soleil
et annonce dans le micro :
« nous savons comment nous débarrasser
des poux, alors laissons pousser
nos cheveux comme avant ! »

Il prend sa guitare et chante : «les poux ne sont plus un problème, laissons nos cheveux redevenir les mêmes !»

La foule est en délire.

La Princesse Marie-Rose se gratte encore la tête. «C'est moi qui ai les plus longs cheveux du Royaume, dit-elle. Je ne veux pas passer mon temps à me peigner. Fais quelque chose, Papa !»

Le Roi attrape les ciseaux, le shampoing et le peigne.

« Pas de problème, ma Princesse », dit-il.

Il envoie chercher un miroir pour que la Princesse Marie-Rose admire ses jolis cheveux tout courts.

« Génial ! s'écrie Marie-Rose. Maintenant j'ai les cheveux les plus courts du Royaume ! Merci, Papa !
– Pas de problème, ma Princesse. »

Marie-Rose a gardé les cheveux courts,
alors que tous à Cheveuxfous
ont retrouvé leurs longs cheveux.

Et tous vécurent heureux pendant très longtemps, comme dans les contes de fées... sauf les poux, bien sûr !

FIN

Qui est l'auteur de ce livre ?

Jane Clarke a été archéologue, professeur et bibliothécaire, mais elle préfère par-dessus tout écrire. Elle invente des histoires depuis que ses enfants sont petits ; elle a commencé à écrire quand ils sont devenus grands et pleins de cheveux ! L'envie l'a alors démangée d'écrire une histoire… de cheveux.

Qui est l'illustrateur ?

Jan Lewis vit dans le Sud de l'Angleterre avec ses deux grands fils. Ses cheveux sont parfois un peu bizarres au réveil mais elle n'a heureusement jamais attrapé de poux. Par contre ses deux fils en ont eu ; voilà comment Jan connaît les peignes et les démêlants.

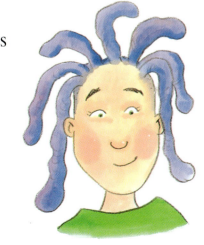

Le petit Quiz

Chapitre 1
1. Dans quel étrange royaume se déroule l'histoire ?
2. Quelle première consigne le Roi donne-t-il pour se débarrasser des poux ?

Chapitre 2
3. Combien de brosse(s) le Roi distribue-t-il à ses sujets ?

Chapitre 3
4. Les gens sont-ils contents de se couper les cheveux ?
5. Comment s'appelle la chanson numéro 1 au hit-parade ?

Chapitre 4
6. Marie-Rose échappe-t-elle aux poux ?

Chapitre 5
7. Qui aide Marie-Rose à se débarrasser de ses poux ?

Chapitre 6
8. Qui n'est pas content à la fin de l'histoire ?

Réponses

Chapitre 1 1. Le royaume de Cheveuxfous ; 2. Se laver les cheveux.
Chapitre 2 3. Une seule.
Chapitre 3 4. Non, ils sont surpris, et se mettent en colère ;
5. Pas de Poux Aujourd'hui.
Chapitre 4 6. Non, elle en attrape aussi.
Chapitre 5 7. La Bonne Fée Chevelue.
Chapitre 6 8. Les poux !